U0115886

小娜的誕生——注定的安排

文／圖　Kisana

小娜中的小蔚藍，
看到別人的媽媽是
從肚子裡生出小寶寶的。
這讓她好奇的問媽媽，
所有小娜是怎麼來的。

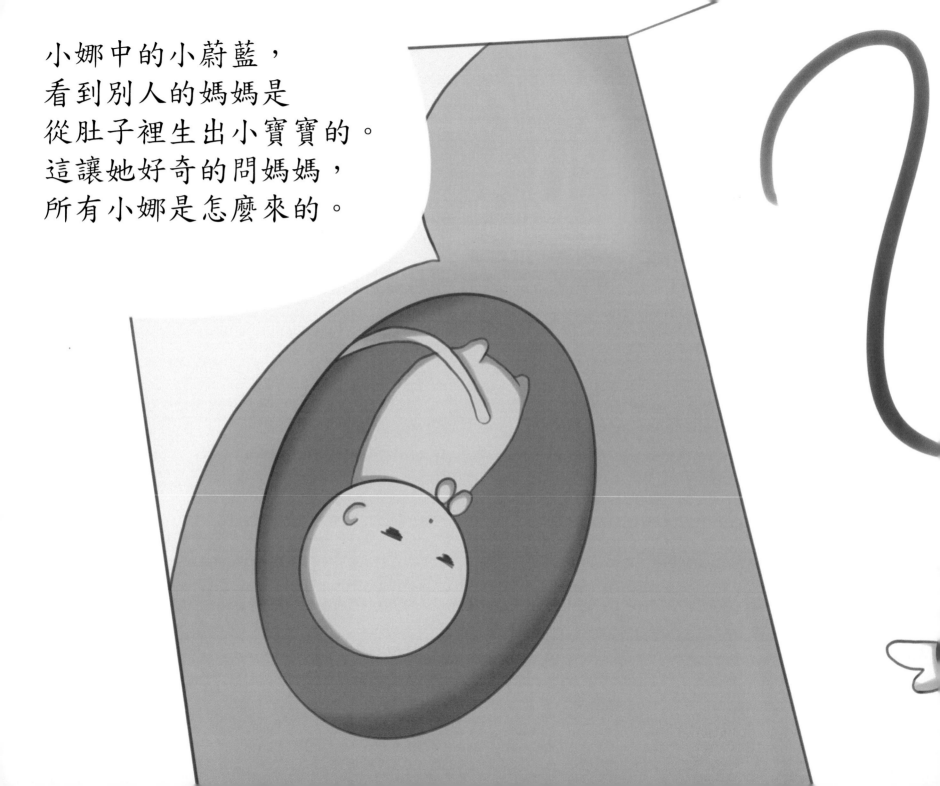

媽媽奇蒂娜說：
「妳們都是我的
小小複製人呀。
都是從同一個
大桶子裡出生的哦。」

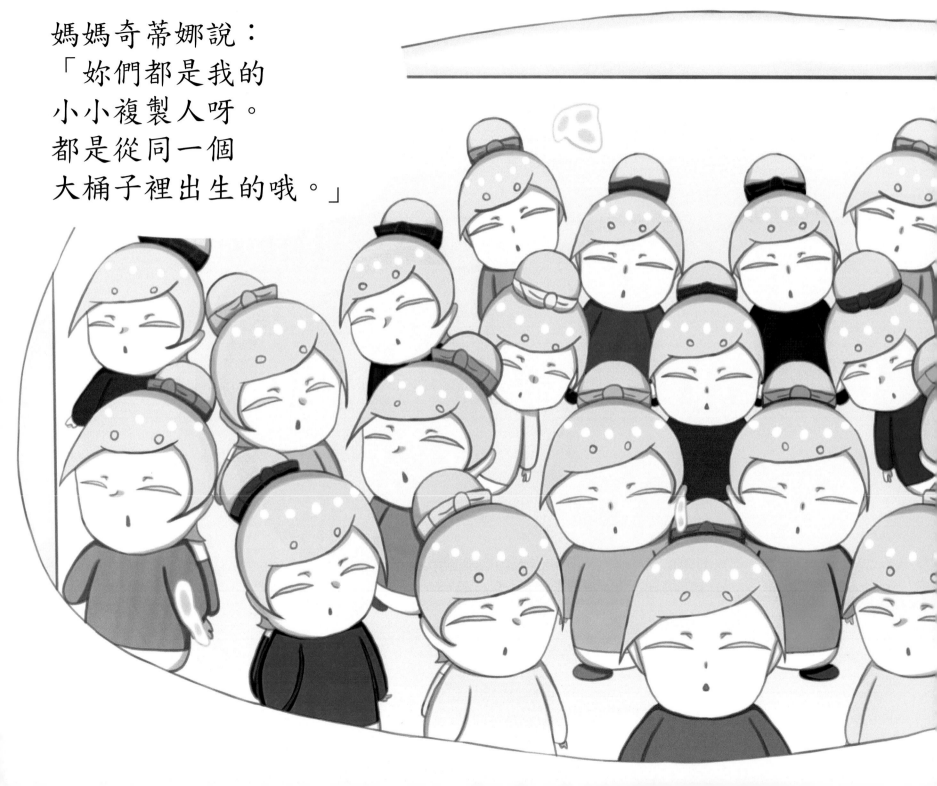

其他小娜都十分好奇
媽媽說的話，
所以她們都跑了過來，
並且乖乖坐好準備聽故事。

奇蒂娜那時
還是科學家。

有天她發現太陽
在奇怪的一閃一閃。

這時科學家們
剛好要去太陽上尋找神。

奇蒂娜認為這是預兆，
必須立刻停止行動。

可是不論她說什麼，
那些科學家就是不聽。

於是奇蒂娜
把自己變成光，
並且送到太空中。

她在那裡看見了一切。

神創造了新地球，
還給了一些新科技。

奇蒂娜成為了新地球人。

新人類
不僅知道了
全部的事情，
還完成了她想要
小娜的心願。

小娜聽完後
幾乎都跑走了，
只留下了小粉紅和小綠。

她們帶奇蒂娜來到書櫃前。

她們一同在沙發上看書。

這時神奇的事情發生了。
而且最調皮的小桃最先發現了。

最愛搗蛋的小娜們
把手環通通拿去玩了。

知道自己如何來的小娜
未來會再知道什麼事情呢
奇妙的事情一直發生
也許那些可以幫助她們知[...]
更多這個世界的真相吧

作者簡介

作者Kisana，本名于湄璇，畢業於真理大學台灣文學系。為了讓人也能看見那樣的美夢，成為了繪本作家，不僅是想完成夢想，也是希望能帶給人們快樂，和啟發孩童的想像力。

少年文學家叢刊 A1307B001

魔法少女小娜（1）小娜的誕生——注定的安排

作　　者　Kisana
責任編輯　于湄璇

發 行 人　林慶彰
總 經 理　梁錦興
總 編 輯　張晏瑞
編 輯 所　萬卷樓圖書股份有限公司
臺北市羅斯福路二段 41 號 6 樓之 3
電話 (02)23216565
傳真 (02)23218698

出　　版　萬卷樓圖書股份有限公司
臺北市羅斯福路二段 41 號 6 樓之 3
電話 (02)23216565

發　　行　萬卷樓圖書股份有限公司
臺北市羅斯福路二段 41 號 6 樓之 3
電話 (02)23216565
傳真 (02)23218698
電郵 SERVICE@WANJUAN.COM.TW

ISBN 978-986-478-615-2
ISBN 978-986-478-688-6 (PDF)

2022 年 12 月初版　三刷
定價：新臺幣 600 元

如何購買本書：

1. 劃撥購書，請透過以下郵政劃撥帳號：
　帳號：15624015
　戶名：萬卷樓圖書股份有限公司

2. 轉帳購書，請透過以下帳戶
　合作金庫銀行　古亭分行
　戶名：萬卷樓圖書股份有限公司
　帳號：0877717092596

3. 網路購書，請透過萬卷樓網站
　網址 WWW.WANJUAN.COM.TW

大量購書，請直接聯繫我們，將有專人為您服務。客服：(02)23216565 分機 610

如有缺頁、破損或裝訂錯誤，請寄回更換

版權所有・翻印必究

Copyright©2021 by WanJuanLou Books CO., Ltd. All Rights Reserved　Printed in Taiwan

國家圖書館出版品預行編目資料

魔法少女小娜. 1：小娜的誕生--注定的安排／ -- 初版. -- 臺北市：
　萬卷樓圖書股份有限公司，2022.02
　　面；　公分. --（少年文學家叢刊；A1307B001）
　　ISBN 978-986-478-615-2(精裝)

863.599　　　　　　　　　　　　　　　　111002298